westermann

W0396005

Nachschlagen üben

Arbeitsheft zum Wörterbuch für die Grundschule Klasse 3/4

Erarbeitet von

Theresa Fliegert

Miriam Jacobs

Christine Pannen

Illustriert von

Matthias Berghahn

Katja Schmiedeskamp

Inhalt

Das ABC lernen und üben

8–9

A B C D E F G H I J K L M N O P Qu R S T U V W X Y Z

1 Schreibe die fehlenden Buchstaben.

A	B	C	D	E		G		I
	K	L			O	P		R
	T		V		X		Z	

2 Schreibe die fehlenden Buchstaben rückwärts.

3 Verbinde jeweils die Buchstaben in der richtigen Reihenfolge.

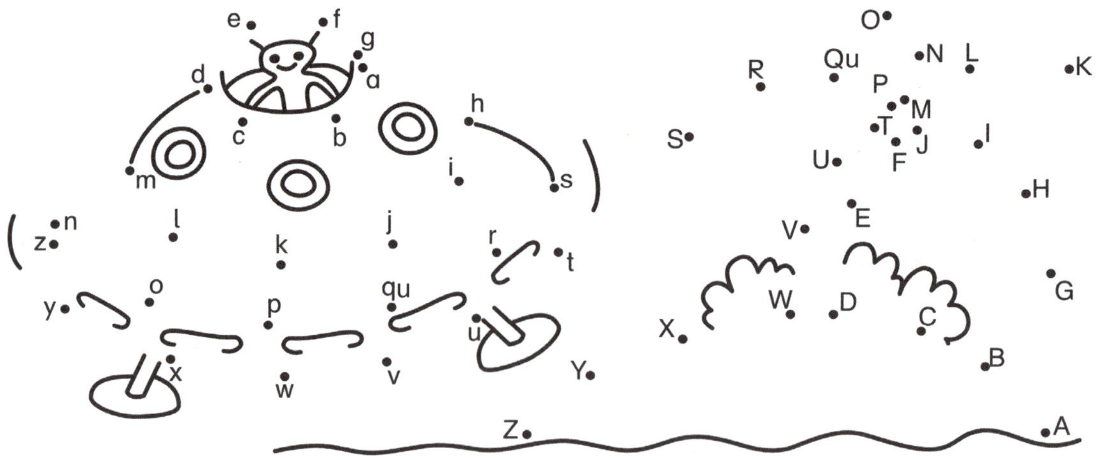

4 Schreibe Vorgänger und Nachfolger.

A B C   _ T _   _ M _   _ U _   _ Y _   _ H _

5 Kreise den Buchstaben ein, der im Alphabet weiter vorne steht.

a

D (A)   P R   M N   R W   J H   Y X   G F   J K

b

U (T)   B L   F U   O E   S C   W V   J Z   L D

6 Schreibe die Buchstaben in der Reihenfolge des Alphabets.

Z A F P   A __________

B J L O G C   __________

W S H I M V T E   __________

7 Schreibe die Buchstaben.

I	C	H		_	_	_	_		_	_	_		_	_	_	_	_	_	_	_
9	3	8		11	1	14	14		4	1	19		1	12	16	8	1	2	5	20

8 Schreibe eigene Rätselsätze wie in Aufgabe 7 in dein Heft.

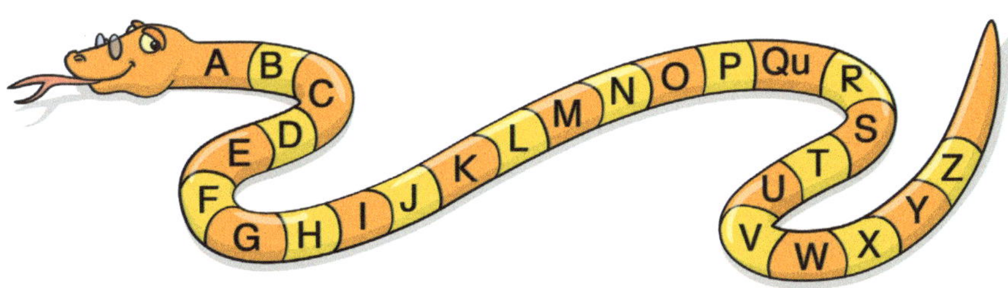

A B C D E F G H I J K L M N O P Qu R S T U V W X Y Z

Wörter nach dem ersten Buchstaben ordnen

8–9

1 Markiere in den Wörtern den ersten Buchstaben.
Nummeriere nach dem Alphabet.
Schreibe die Wörter nach dem Alphabet geordnet.

(a)

◯	Kürbis	Affe ______
(1)	Affe	______
◯	Teddy	______
(2)	Fahne	______

(b)

◯	rufen	______
◯	sinken	______
◯	lieben	______
◯	backen	______

(c)

◯	frei	______
◯	dick	______
◯	schwarz	______
◯	wütend	______

(d)

◯	Zahn	______
◯	Clown	______
◯	brennen	______
◯	offen	______
◯	niemand	______

Aufgaben zum Alphabet lernen und üben – Klasse 3 und 4, Wörterbuch Seite 8–9:
- Wörter nach dem Alphabet nach dem 1. Buchstaben ordnen und schreiben
- Wörter nach dem Alphabet geordnet schreiben

Wörter nach dem zweiten Buchstaben ordnen

8–9

1 Markiere in den Wörtern den ersten und zweiten Buchstaben.
Nummeriere nach dem Alphabet.
Schreibe die Wörter nach dem Alphabet geordnet.

Wenn der erste Buchstabe gleich ist, achte auf den zweiten Buchstaben.

a

◯ Ampel _Abend_ ____________________
◯ Angst ____________________
② alle ____________________
① Abend ____________________

b

◯ Detektiv ____________________
◯ dumm ____________________
◯ das ____________________
◯ donnern ____________________

c

◯ Tanne ____________________
◯ toll ____________________
◯ Tiger ____________________
◯ treffen ____________________

d

◯ wir ____________________
◯ wohnen ____________________
◯ werden ____________________
◯ Wasser ____________________
◯ Wunder ____________________

Wörter nach dem dritten und vierten Buchstaben ordnen

8–9

1 Markiere in den Wörtern die ersten drei Buchstaben.
Nummeriere nach dem Alphabet.
Schreibe die Wörter nach dem Alphabet geordnet.

> Wenn die ersten beiden Buchstaben gleich sind, achte auf den dritten Buchstaben.

a

- ◯ erzählen — ernten
- 1 ernten — ______
- 2 Erfolg — ______
- ◯ erwarten — ______

b

- ◯ nur — ______
- ◯ Nummer — ______
- ◯ Nuss — ______
- ◯ nutzen — ______

c

- ◯ Geld — ______
- ◯ gewinnen — ______
- ◯ gesund — ______
- ◯ geben — ______

d

- ◯ Orkan — ______
- ◯ Ort — ______
- ◯ ordnen — ______
- ◯ orange — ______
- ◯ Orgel — ______

Aufgaben zum Alphabet lernen und üben – Klasse 3 und 4, Wörterbuch Seite 8–9:
- Wörter nach dem Alphabet nach dem 3. Buchstaben ordnen und schreiben
- Wörter nach dem Alphabet geordnet schreiben

2 Nummeriere die Wörter nach dem Alphabet.

◯ cool	◯ gehen	◯ Verzeichnis
(1) Comic	◯ Ball	◯ vergessen
◯ Fluss	◯ gelb	◯ Verbot
◯ fliegen	◯ bauen	◯ vertrauen
◯ Flugzeug	◯ Geld	◯ Verlust

3 Schreibe die Wörter nach dem Alphabet geordnet.

a

ich bohren ehrlich Ecke
boxen eckig Arzt Information

Arzt, ______________________________

____

____

b

Lehrerin leihen letzte lustig leise
Luft leer lesen lang Lied

____

____

____

4 Schreibe die Wörter nach dem Alphabet geordnet in dein Heft.

Besuch bremsen Beere beim bunt Beispiel Bett bald

Alphabetische Wörterlisten korrigieren

1 Streiche in jedem Kasten das falsch eingeordnete Wort.

ⓐ

Ball	Quatsch	raten	Zucker
Berg	Quelle	rennen	Zug
~~Auto~~	Kuh	fliegen	Zahl
Bett	Quiz	rufen	Zwerg

ⓑ

endlich	Meer	Juni	warm
Ente	mixen	Juli	weiß
Engel	Mond	jung	wir
Enkel	malen	Junge	Wasser

ⓒ

Feder	Hafen	Pfirsich	Nacht
Ferien	Hammer	Pfanne	Name
Feld	Hand	Pfeil	Nashorn
Fenster	Hals	Pfote	Nagel

ⓓ

Fichte	Glas	brav	Musik
Film	glauben	bremsen	Mütze
Fisch	glitzern	brennen	Muskel
Figur	Glatze	brechen	Mut

2 Schreibe alle falsch eingeordneten Wörter aus Aufgabe **1** nach dem Alphabet geordnet in dein Heft.

8–9

1 Wähle die passenden Wörter aus. Kreise sie ein. Schreibe sie.

a

Mund	
	Onkel
Onkel ______	
	Sommer
Rad	

Nagel	
	Nebel
______	
	Not
Nilpferd	

b

Bank	
Blume	Becher
______	Boot
Bücherei	

Uhr	
Umwelt	Urkunde
Unfall	Ufer
______	

c

______	Sprache
Sport	Spaß
______	Sprung
Spritze	

Stille	Stock
Storch	Straße
______	Strafe
______	

d

Trainer	trocken
______	Traum
treten	tragen
______	Trompete
______	
trotzdem	

______	Lok
loben	Locher
lohnen	Lob
______	losen
Los	
______	

Den alphabetischen Wortschatz erkunden 1

96–227

1 Schlage die Seiten auf. Schreibe die Buchstaben, die in der ABC-Leiste hervorgehoben sind.

Seite 96	A	Seite 114	______	Seite 120	______
Seite 165	______	Seite 173	______	Seite 200	______

A B C D E

2 Lies und verbinde die Erklärungen mit den Fachbegriffen.

Tipps und Erklärungen findest du auf den Seiten 92–93 im Wörterbuch.

Den ersten Buchstaben eines Wortes nennt man den ... •	• **Anfangsbuchstaben.**
Der Buchstabe, um den es auf der Seite geht, ist deutlich hervorgehoben in der ... •	• **Spalten.**
Die Wörter einer Seite stehen in zwei … •	• **ABC-Leiste.**
Das erste Stichwort oben auf der linken Seite und das letzte Stichwort auf der rechten Seite nennt man … •	• **Wort | tren | nung.**
Senkrechte Striche im Wortinneren kennzeichnen die … •	• **Kopfwort.**

Aufgaben zum alphabetischen Wortschatz für Klasse 3 und 4, Wörterbuch Seite 96–227:
- den alphabetischen Wortschatz erkunden: in der ABC-Leiste nachschlagen
- Erklärungen und Fachbegriffe zuordnen

3 Schlage die Kopfwörter nach. Schreibe sie.

Seite 104	ausführlich	Seite 105	Badewanne
Seite 134		Seite 135	
Seite 150		Seite 151	
Seite 222		Seite 223	

4 Schlage die Anfangsbuchstaben nach.
Schreibe immer die beiden Anfangsbuchstaben
und das erste Stichwort.
Schreibe die Nomen mit den Artikeln.
Schreibe die Seitenzahlen.

Aa
der **Aal**, die Aa|le

A a   Aa der Aal 96

E e  

I i  

O o  

U u  

5 Schlage die Anfangsbuchstaben nach. Schreibe immer das erste Stichwort.
Schreibe die Nomen mit den Artikeln. Schreibe die Seitenzahlen.

Sa	der Saal	184	Si		
Sb			Spo		
Scha			Sta		

Aufgaben zum alphabetischen Wortschatz für Klasse 3 und 4, Wörterbuch Seite 96–227:
- den alphabetischen Wortschatz erkunden: Kopfwörter nachschlagen
- Anfangsbuchstaben zur Orientierung nutzen und Wörter nachschlagen und aufschreiben

96–227

1 Schlage die Wörter nach. Schreibe die Seitenzahlen.
Kreise die erklärenden Bilder ein.

die Band 106

der Deich

der Propeller

das Gehäuse

die Wahl

2 Schlage die Wörter nach. Verbinde die Wörter mit den passenden Erklärungen.
Schreibe die Seitenzahlen.

der Bon	**Rückstrahler**	
das Projekt	**Vorhaben**	
der Reflektor	**Gutschein, Kassenzettel**	112

3 Schlage die Wörter nach. Schreibe die Seitenzahlen.
Zeichne die Worttrennung mit Strichen ein.

be|ant|wor|ten	106	ausschalten	
die Haltestelle		der Unterricht	
gemütlich		dreckig	

Aufgaben zum alphabetischen Wortschatz für Klasse 3 und 4, Wörterbuch Seite 96–227:
- Erklärungen zu Wörtern nutzen: Wörter nachschlagen, erklärende Bilder identifizieren
- Wörter und Erklärungen zuordnen; Wörter nachschlagen und die Worttrennung kennzeichnen

96–227

4 Was bedeutet das Bild hinter einem Wort?
Kreuze die richtige Erklärung an.

☐ Dieses Wort gehört zum Unterrichtsthema **Elektrischer Strom.**

☐ Zu diesem Wort gibt es einen Kasten mit einer ausführlichen Erklärung.

Tipps und Erklärungen findest du auf den Seiten 92–93 im Wörterbuch.

5 Schlage alle Wörter mit den Anfangsbuchstaben **A/a** und diesem Bild nach.
Schreibe die Nomen mit den Artikeln. Schreibe die Seitenzahlen.

der Abend: S. 96, ____________________

____

6 Schlage das Wort **grün** nach. Schreibe die Seitenzahl ______.
Nutze die Hinweise im Kasten und ergänze die Sätze.

Mein Hut ist grün. Mein ______ Hut steht mir gut. Lia malt das Haus ______ an. Das ______ des Waldes wirkt beruhigend. Ein leuchtendes ______ siehst du oft an der Straßenkreuzung: Die Ampel steht auf ______.

7 Was bedeutet das Bild hinter einem Wort? Kreuze die Lösung an.

☐ Dieses Wort wird in der Umgangssprache verwendet.

☐ Dieses Wort ist aus einer Fremdsprache übernommen.

8 Schlage alle Wörter mit den Anfangsbuchstaben **R/r** und diesem Bild nach.
Schreibe sie mit den Seitenzahlen in dein Heft.

Wörter Schritt für Schritt nachschlagen

96–227

1 Lies, wie du Wörter Schritt für Schritt nachschlagen kannst.

1.	das Wort sprechen   **Tonne**	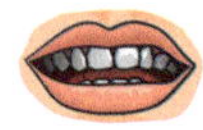
2.	den Anfangslaut bestimmen   **Tonne**	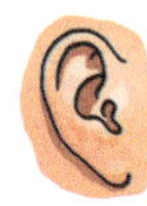
3.	den Anfangsbuchstaben in der ABC-Leiste suchen  Den Anfangsbuchstaben **T** finde ich auf den Seiten 202-207.	
4.	den zweiten Buchstaben suchen  **T – o** der **Toas|ter**, die Toas|ter 	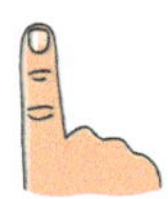
	den dritten Buchstaben suchen  **T – o – n** der **Ton**, die Tö|ne die **Ton|ne**, die Ton|nen der **Topf**, die Töp|fe	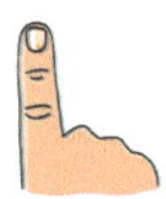
5.	das Wort finden  Das Wort **Tonne** finde ich auf der Seite 205.	

Aufgaben zum Aaphabetischer Wortschatz für Klasse 3 und 4, Wörterbuch Seite 96–227:
- Nachschlagetechnik lernen
- Wörterverzeichnisse nutzen lernen

96–227

2 Schlage die Wörter nach.
Schreibe auf, wie du die Wörter Schritt für Schritt nachschlägst.

ⓐ

1.		
2.		B
3.		105 – 114
4.		↓ Br
		↓ Bre
5.		Brezel, 113

ⓑ

1.		
2.		
3.		
4.		↓
		↓
5.		

ⓒ

1.		
2.		
3.		
4.		↓
		↓
5.		

ⓓ

1.		
2.		
3.		
4.		↓
		↓
5.		

Wörter mit Umlauten und ß nachschlagen

96–227

1 Schlage die Wörter nach.
Schreibe die Stichwörter darüber und darunter.

a)

ärgerlich	______
ärgern	**Öffnung**
Argument	______

> Schlage so nach:
> **Ä** wie **a**, **ä** wie **a**,
> **Ö** wie **O**, **ö** wie **o**,
> **Ü** wie **U**, **ü** wie **u**.

b)

______	______	______
ähnlich	**öffentlich**	**Überfall**
______	______	______

2 Schlage die Wörter nach.
Schreibe die Stichwörter darüber und darunter.

a)

gruseln	______
Gruß	**draußen**
______	______

> Schlage so nach:
> **ß** ist wie **ss** eingeordnet.

b)

______	______	______
Spaß	**Straße**	**Fußball**
______	______	______

3 Schlage im Wörterbuch zehn weitere Wörter mit **ß** nach und schreibe sie in dein Heft.

Aufgaben zum alphabetischen Wortschatz für Klasse 3 und 4, Wörterbuch S. 96–227:
- Nachschlagetechnik in Wörterverzeichnissen nutzen
- besondere Buchstaben nachschlagen: Wörter mit Sp/sp, St/st, Qu/qu

96 – 227

1 Schlage die Wörter nach. Schreibe die Nomen mit den Artikeln und den Seitenzahlen.

a)

der Specht ______ 196

______ ( )

______ ( )

______ ( )

______ ( )

b)

______ ( )

______ ( )

______ ( )

______ ( )

______ ( )

! Schlage so nach:
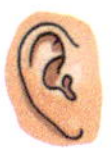
scht bei **St/st**,
schp bei **Sp/sp**,
kw bei **Qu/qu**.

2 Schlage die Verben nach. Ergänze die Sätze mit den passenden Verbformen. Schreibe die Seitenzahlen.

Das Wasser  spritzt ______ 198 mir ins Gesicht.

Mein Opa  ______ ( ) gerne Socken.

Die Schwimmerin  ______ ( ) vom Beckenrand.

Der Schornstein  ______ ( ).

Lina  ______ ( ) den Weihnachtsbaum.

3 Schlage im Wörterbuch umgangssprachliche Verben mit **Qu/qu** nach. Schreibe mit diesen Verben vier Sätze in dein Heft.

Aufgaben zum alphabetischen Wortschatz für Klasse 3 und 4, Wörterbuch S. 96–227:
- Nachschlagetechnik in Wörterverzeichnissen nutzen
- besondere Buchstaben nachschlagen: Wörter mit Sp/sp, St/st, Qu/qu

96–227

1 Schlage die Nomen nach.
Schreibe die Nomen in der Einzahl und in der Mehrzahl mit den Artikeln.
Schreibe die Seitenzahlen.

 die Ziege – die Ziegen ______ (225)

 ______________________ ( )

 ______________________ ( )

2 Schlage die Nomen nach.
Schreibe die Nomen in der Einzahl
mit den Artikeln. Schreibe die Seitenzahlen.

> **!** Schlage Nomen in der Einzahl nach: Häuser ⇨ das Haus.

ⓐ
das Lied ______ die Lieder (159)
______________ die Bären ( )
______________ die Gefahren ( )

ⓑ
______________ die Fächer ( )
______________ die Gerüche ( )
______________ die Nägel ( )

ⓒ
______________ die Kinos ( )
______________ die Themen ( )
______________ die Lexika ( )

3 Schlage im Wörterbuch zehn Nomen nach, die keine Mehrzahl haben.
Schreibe sie in dein Heft.

Aufgaben zum alphabetischen Wortschatz für Klasse 3 und 4, Wörterbuch S. 96–227:
- Nachschlagetechnik in Wörterverzeichnissen nutzen
- Nomen nachschlagen

4 Zerlege die zusammengesetzten Nomen.
Schlage die Nomen in der Einzahl nach.
Schreibe sie mit den Artikeln und den Seitenzahlen.

> Zerlege zusammengesetzte Nomen:
> Hausschuhe ⇨ das Haus + der Schuh

das Stempelkissen:	der Stempel	199	das Kissen	152
der Kieselstein:				
die Matschhose:				
das Bonbonglas:				

5 Zerlege die zusammengesetzten Nomen.
Schlage die Nomen in der Einzahl nach.
Schreibe sie mit den Artikeln und den Seitenzahlen.

> Manchmal wird zwischen Bestimmungswort und Grundwort ein Buchstabe eingefügt oder weggelassen.

die Sonnencreme:	die Sonne	195	die Creme	115
die Schulklasse:	die Schule	190	die Klasse	152
die Pferdemähne:				
der Lippenstift:				
der Rollschuh:				
der Pfannkuchen:				

6 Schlage im Wörterbuch weitere fünf Nomen nach, die zusammengesetzt im Wörterbuch stehen.
Schreibe sie wie in Aufgabe **5** in dein Heft.

Verben nachschlagen

96–227

1 Schlage die Verben nach.
Schreibe die Grundformen der Verben. Schreibe die Seitenzahlen.

ⓐ
speichern ______ sie speichert (197)
______ er malt ( )
______ sie weint ( )

ⓑ
______ er pflückt ( )
______ er merkt ( )
______ sie brüllt ( )

! Schlage Verben in der Grundform nach:
du isst ⇨ essen

2 Schlage die Verben nach. Schreibe die Grundformen der Verben und die Seitenzahlen. Markiere die Vokale im Wortstamm.

ⓐ
fallen ______ sie fällt (129)
______ sie lässt ( )
______ er läuft ( )

ⓑ
______ er hilft ( )
______ er nimmt ( )
______ er sieht ( )

ⓒ
______ sie kann ( )
______ es wird ( )
______ er will ( )

! Du findest im Wörterbuch auf den Seiten 254–255 eine Liste mit unregelmäßigen Verben.

Aufgaben zum alphabetischen Wortschatz für Klasse 3 und 4, Wörterbuch S. 96–227:
- die Grundform von Verben nachschlagen

96–227

3 Schlage die Verben nach.
Schreibe die Vergangenheitsformen und die Seitenzahlen.

Grundform	Präteritum	Perfekt	Seitenzahl
arbeiten	sie arbeitete	sie hat gearbeitet	101
rutschen			
jammern			
schneien			
lieben			
flitzen			
blühen			
reisen			

4 Schlage die Verben nach. Schreibe die Vergangenheitsformen und die Seitenzahlen. Markiere die Vokale im Wortstamm.

> **!** Bei unregelmäßigen Verben verändert sich der Wortstamm:
> essen ⇨ er isst

Grundform	Präteritum	Perfekt	Seitenzahl
lesen	er las	er hat gelesen	159
schreiben			
werfen			
sitzen			
gehen			
wissen			

Adjektive nachschlagen

96–227

1 Schlage die Adjektive nach.
Schreibe die Steigerungsformen der Adjektive und die Seitenzahlen.

Lies die Hinweise im Grammatik-Kompass auf Seite 261.

Adjektiv Grundform	1.Steigerungsform (Komparativ)	2.Steigerungsform (Superlativ)	Seitenzahl
laut	lauter	am lautesten	158
fröhlich			
schnell			
jung			
böse			
klein			

2 Schlage die Adjektive nach. Schreibe die Steigerungsformen und Seitenzahlen.

viel ______________ ______________

gut ______________ ______________

3 Schlage die Adjektive nach und schreibe die Seitenzahlen.
Kreuze an, ob die Adjektive gesteigert werden können.

		ja	nein
wahr	217		X
schwer			
tot			
eckig			

		ja	nein
schwanger			
rund			
lieb			
atemlos			

Aufgaben zum alphabetischen Wortschatz für Klasse 3 und 4, Wörterbuch S. 96–227:
- Adjektive nachschlagen

96–227

1 Schlage die Wörter nach.
Trage die Seitenzahlen und die Wörter in die Tabelle ein.

~~HUND~~	~~SPRINGEN~~	~~FRISCH~~	MUTIG
ÄRGER	SINGEN	ÄRGERN	KRAFT
MUT	KURZ	DONNERN	DANKBAR

Nomen mit dem Artikel in Einzahl und Mehrzahl	Verben in der Grundform und im Präsens	Adjektive mit den Steigerungsformen
146 der Hund die Hunde	197 springen, sie springt	133 frisch, frischer, am frischesten

2 Schreibe mit Wörtern aus Aufgabe 1 fünf Sätze in dein Heft.

Aufgaben zum alphabetischen Wortschatz für Klasse 3 und 4, Wörterbuch S. 96–227:
- Wortarten nachschlagen
- Sätze schreiben

96–227

1 Vermute, wie die Wörter geschrieben werden. Schlage nach.
Schreibe die Wörter richtig mit den Artikeln und den Seitenzahlen.

a

f → f, v, pf, ph

Wenn du am Wortanfang **F** hörst, schreibst du meistens **F/f**. Manchmal schreibst du **V/v**, **Ph/ph** oder **Pf/pf**.

		Vermutung				Richtige Schreibung	
		F	V	Pf	Ph		
	erd	X		X		das Pferd	175
	igur						
	anne						
	arao						
	ater						
	eilchen						
	eife						
	erkäufer						

b

sch → sch, ch, sh

Wenn du am Wortanfang **Sch** hörst, schreibst du meistens **Sch/sch**. Manchmal schreibst du **Ch/ch** oder **Sh/sh**.

		Vermutung			Richtige Schreibung	
		Sch	Ch	Sh		
	alter	X			der Schalter	186
	orts					
	ampignon					

Aufgaben zum alphabetischen Wortschatz für Klasse 3 und 4, Wörterbuch Seite 96–227:
- hypothesengeleitet nachschlagen, Wörter und Seitenzahlen schreiben (f, sch)

ⓒ

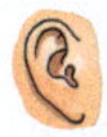 k → k, c, ch

Wenn du am Wortanfang **K** hörst, schreibst du meistens **K/k**. Manchmal schreibst du **C/c** oder **Ch/ch**.

		Vermutung			Richtige Schreibung	
		K	C	Ch		
	_affee	X			der Kaffee	150
	_or					
	_amera					
	_omic					
	_omputer					

ⓓ

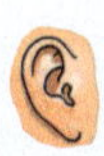 w → w, v

Wenn du am Wortanfang **W** hörst, schreibst du meistens **W/w**. Manchmal schreibst du **V/v**.

		Vermutung		Richtige Schreibung	
		W	V		
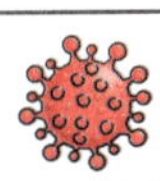	_irus		X	das (der) Virus	215
	_aage				
	_ase				
	_illa				
	_ecker				
	_ulkan				
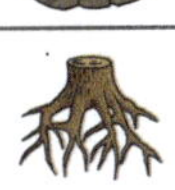	_urzel				

Hinweise zur Worttrennung nutzen

96–227

1 Schlage die Wörter nach. Schreibe die Seitenzahlen.
Schreibe die Wörter in Silben getrennt.

a

natürlich 169 na-tür-lich
deutlich
glücklich
hungrig
vorsichtig
genial

Die **Wort | tren | nung** in Silben ist im Wörterbuch mit Strichen gekennzeichnet.
Die Trennungsregeln findest du im Wörterbuch auf Seite 277.

b

kratzen
herstellen
beobachten
nummerieren

c

die Linie
das Lineal
die Strumpfhose
die Socke

d

die Fahrradfahrerin
die Information
das Mittagessen
das Eichhörnchen

96–227

2 Schlage die Wörter nach. Schreibe die Seitenzahlen. Schreibe die Wörter mit den Trennmöglichkeiten.

> ! Für manche Wörter gibt es verschiedene Trennmöglichkeiten.

die Allergie	98	Al-ler-gie	All-er-gie
auseinander			
heraus			
interessant			
der Magnet			
das Problem			
respektieren			
vorüber			

3 Schlage die Wörter nach. Schreibe die Seitenzahlen. Schreibe die Wörter in Silben getrennt.

> ! Einzelne Vokale am Wortanfang und am Wortende trennst du nicht.

das Abendbrot	96	Abend-brot
der Leopard		
das Theater		
das Video		
überall		
die Toilette		
die Orange		

4 Schlage fünf Wörter nach, die man nicht trennen kann. Schreibe sie mit den Seitenzahlen in dein Heft.

Besondere Wörter nachschlagen

96–227

1 Schlage die Wörter nach. Schreibe die Seitenzahlen.
Verbinde die Wörter
mit den richtigen Erklärungen.

Zu manchen Wörtern findest du im Wörterbuch Erklärungen in Klammern.

das Interview	148	•	• **Versuch**
die Diskussion		•	• **Meinungsaustausch**
die Migration		•	• **Befragung**
der Dialekt		•	• **Aus- oder Einwanderung von Menschen**
das Experiment		•	• **Redeweise**
die Pointe		•	• **überraschender Schluss**

2 Schlage die Wörter nach. Schreibe die Seitenzahlen. Schreibe die Erklärungen.

der Orkan	173	heftiger Sturm
die Illustration		
das Team		
unfair		
der Bluetooth		

3 Schlage im Wörterbuch weitere fünf Wörter nach, die erklärt werden.
Schreibe die Wörter mit den Erklärungen in dein Heft.

Aufgaben zum alphabetischen Wortschatz für Klasse 3 und 4, Seite 96–227:
- Nachschlagetechnik in Wörterverzeichnissen nutzen
- Bedeutungen von Wörtern kennen

96–227

4 Schlage die Wörter nach. Schreibe die Seitenzahlen.
Verbinde mit der richtigen Erklärung.
Setze die richtigen Wörter in die Sätze ein.

! Manche Wörter klingen gleich, aber man schreibt sie unterschiedlich.

Seite (193) • —— • Bitte lies auf Seite 7.
Saite ( ) • • Die ______ der Geige ist gerissen.

bis ( ) • • Der ______ des Hundes war tief.
Biss ( ) • • Dann ______ morgen!

Tablet ( ) • • Der Kellner trägt ein ______ .
Tablett ( ) • • Ich arbeite oft mit einem ______.

5 Schlage die Wörter nach. Schreibe die Seitenzahlen.
Schreibe jeweils beide Erklärungen zu den Wörtern.

! Manchmal hat ein Wort zwei Bedeutungen.

Kiefer	152	Teil des Kopfes, Baum
Schild		
Strauß		
Bank		

6 Schlage die Wörter nach.
Schreibe die Seitenzahlen die Wörter.

! Manchmal kannst du das Wort unterschiedlich schreiben.

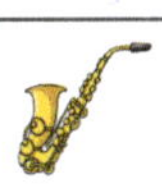	185	das Saxofon, das Saxophon
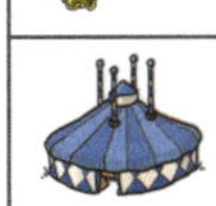		

Wörter nachschlagen und ergänzen

96–227

1 Schlage die Wörter nach und schreibe sie mit den Seitenzahlen.

Julia isst gerne  Schokolade ______ (189).

Im Sommer mag sie lieber  ______ ( ) mit

Streuseln, besonders, wenn sie  ______ ( )

sind. Danach  ______ ( ) sie ihre Hände.

Heute morgen  ______ ( ) es.

Wir springen in eine tiefe  ______ ( ).

2 Schlage passende Wörter nach und schreibe sie mit den Seitenzahlen.

a Finde passende Nomen.

ein Tier die Grille ______ (140)	ein Körperteil ______ ( )
ein Fahrzeug ______ ( )	ein Spielzeug ______ ( )

b Finde passende Verben.

Das tust du, wenn du spielst: ______ ( )	Das tust du, wenn du dich freust: ______ ( )
Das tust du, wenn du wütend bist: ______ ( )	Das tust du, wenn du etwas lernst: ______ ( )

c Finde passende Adjektive.

So schmeckt etwas: ______ ( )	So sieht etwas aus: ______ ( )

Aufgaben zum alphabetischen Wortschatz für Klasse 3 und 4, Wörterbuch Seite 96–226:
- Übungen zum Nachschlagen von Wörtern
- Wörter nach Wortart im Wörterbuch suchen

Wörter der Umgangssprache nachschlagen und ersetzen

96–227

1 Schlage die Wörter nach und schreibe die Seitenzahlen. Kreise die Wörter ein, die in der Umgangssprache genutzt werden.

> **!** Umgangssprachliche Wörter sind im Wörterbuch mit diesem Bild gekennzeichnet.

doll 119 — das Dings ___

der Döner ___ — klug ___ — jammern ___

flitzen ___ — fies ___

hopsen ___ — fern ___

das Klo ___ — gähnen ___ — der Quatsch ___

2 Schlage die umgangssprachlichen Wörter nach und schreibe die Seitenzahlen. Schlage passendere Wörter nach und schreibe sie mit den Seitenzahlen.

Du sollst nicht böse <u>glotzen</u>.	139	schauen	186
Die Regel ist schwer zu <u>kapieren</u>.			
Halt doch bitte mal <u>die Klappe</u>!			
Das ist aber <u>eine Schweinerei</u>!			
Deinen Comic finde ich <u>cool</u>.			
Bitte erledige das <u>zackig</u>.			

3 Schreibe ein umgangssprachliches Wort, das du häufig verwendest, und das passendere Wort. Schreibe mit dem passenderen Wort einen Satz.

Umgangssprache: ______________ Passendes Wort: ______________

Satz: ____

____

Aufgaben zum alphabetischen Wortschatz für Klasse 3 und 4, Wörterbuch Seite 96–226:
- Übungen zum Nachschlagen von Wörtern
- Erkennen und Ersetzen von umgangssprachlichen Wörtern

96–227

1 Schlage die Wörter nach. Streiche die falschen Wörter durch.
Schreibe die Seitenzahlen. Schreibe die Wörter richtig mit den Artikeln.

~~die Ärtztin~~/ die Ärztin — 102 — die Ärztin

das Handy/ das Händy — ____ — ________

der Kompaß/ der Kompass — ____ — ________

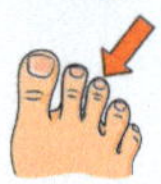
der Zee/ der Zeh — ____ — ________

2 In allen Wörtern sind Fehler.
Markiere in den Wörtern die Stellen, die dir merkwürdig vorkommen.
Schlage die Wörter nach. Schreibe die Wörter richtig mit den Seitenzahlen.

a

blizzen	blitzen	112	erinern		
mislingen			hengen		
drengeln			frisiren		

b

ängslich			bekuem		
bessar			schöhn		
dofer			nüzlich		

c

ungefär			plözlich		
selbs			bischen		
nimand			lezte		

Aufgaben zum alphabetischen Wortschatz für Klasse 3 und 4, Wörterbuch Seite 96–227:
- Fehler in Wörtern finden: hypothesengeleitet nachschlagen
- Nomen, Verben, Adjektive und sonstige Wörter durch Nachschlagen im Wörterbuch korrigieren

96–227

1 Schlage die Wörter nach. Streiche die falschen Wörter durch. Schreibe die Seitenzahlen.

Vermute zuerst, welche Schreibweise die richtige ist und schlage diese nach.

a

Möchtest du dich gesund ernähren / ~~ernären~~? 127

Magst du auf diese Frage andworten / antworten?

Wer möchte das Obst probieren / probiren?

Wie konnte der Unfall pasieren / passieren?

b

Im Januar feiere ich meinen Geburstag / Geburtstag.

Es soll eine tolle Parti / Party werden.

Das bleibt aber bitte unser Gehheimnis / Geheimnis!

Ich mag grose / große Geschenke.

2 In jedem Satz ist ein Wort falsch geschrieben. Schlage die Wörter nach, die dir merkwürdig vorkommen. Streiche die falschen Wörter durch und schreibe sie richtig darüber. Schreibe die Seitenzahlen.

Meine Familie und ich ~~wonen~~ wohnen im Sonnenweg. 222

Die Nachbarrn aus dem Haus nebenan sind ausgezogen.

Die Heitzung in ihrem Haus war kaputt.

Niemand konnte sie reperieren.

Deshalb ist die Familie wegefahren.

Ich finde das schade, denn es waren nete Kinder.

Aufgaben zum alphabetischen Wortschatz für Klasse 3 und 4, Wörterbuch Seite 96–227:
- Fehler in Sätzen durch Nachschlagen finden und korrigieren
- Fehler in Texten durch Nachschlagen finden und korrigieren

96 – 227

1 Ein Computer kann in Texten automatisch Fehler markieren und verbessern.

a In jeder Zeile ist ein Wort falsch geschrieben. Schlage die unterstrichenen Wörter nach und schreibe sie richtig. Schreibe die Seitenzahlen.

Hallo, libe Rosa,	liebe	159
bist du gesunt?		
Kann ich dich am Sontag		
besuchen komen?		
Bitte schraib mir		
eine kurze Narchricht.		
Viele Grüse Tom ☺		

b Der Computer hat in jeder Zeile ein Wort falsch verbessert. Streiche die falsch geschriebenen Wörter durch. Schlage die Wörter nach. Schreibe sie richtig. Schreibe die Seitenzahlen.

~~Main~~ lieber Tom,	Mein	163
ich freue mich Gans doll auf dich,		
wen du kommst. Ich werde mein		
Zimmer auf räumen.		
Biss dann! Rosa ☺		

2 In Aufgabe **1** **b** sind keine Fehler markiert, obwohl die Rechtschreibkontrolle eingeschaltet ist. Woran könnte das liegen? Schreibe eine Begründung in dein Heft.

Aufgaben zum alphabetischen Wortschatz für Klasse 3 und 4, Wörterbuch Seite 96–227:
- Elektronische Rechtschreibhilfen nutzen: markierte Wörter verbessern
- automatische Verbesserungen korrigieren

96–227

1 Kreise das richtige Wort ein.
Kreuze an,
was dir bei der Entscheidung geholfen hat:
eine Regel oder das Wörterbuch.
Schreibe zur Begründung
die Regel oder die Wörterbuchseite.

Zum richtigen Schreiben musst du Wörter nicht immer nachschlagen. Nutze den Rechtschreib-Kompass auf den Seiten 266–277.

a

	Regel	Wörterbuch	Begründung
das Geräusch - das Gereusch	X		rauschen
die Flöhte – die Flöte		X	Seite 132
der Berg – der Berk			
die Dedektivin – die Detektivin			
die Kreuzung – die Kreuzunk			
die Fluht – die Flut			
die Temparatur – die Temperatur			

b

	Regel	Wörterbuch	Begründung
er heist – er heißt			
sie tränierte – sie trainierte			
sie streut – sie sträut			
günztig – günstig			
noch kränker – noch kranker			
fleißich – fleißig			

Aufgaben zum alphabetischen Wortschatz für Klasse 3 und 4, Wörterbuch Seite 96–227:
- das Wörterbuch sinnvoll nutzen: Rechtschreibstrategien anwenden oder Nachschlagetechniken nutzen

Den Themen-Wortschatz erkunden und nutzen

232–243

1 Schlage nach. Kreuze die Themen an, die im Themen-Wortschatz stehen.

- ☐ Wetter
- ☐ Kleidung
- ☐ Ernährung
- ☐ Deutschland in Europa
- ☐ Umweltschutz und Nachhaltigkeit
- ☐ Sport und Spiele
- ☐ Feste und Feiern im Jahr
- ☐ Medien
- ☐ Straßenverkehr

2 Schlage nach. Kreuze die Überschriften an, die auf den Themen-Seiten **Umweltschutz und Nachhaltigkeit** stehen.

- ☐ Das Klima schützen
- ☐ Müll trennen
- ☐ Ozeane sauber halten
- ☐ Printmedien
- ☐ Texte gestalten
- ☐ Ressourcen und Energie sparen

3 Schlage die Themen-Seiten nach.
Verbinde die Überschriften mit den passenden Themen-Seiten.

Texte gestalten •	• **Medien**
Fahrzeuge •	• **Straßenverkehr**
Printmedien •	• **Ernährung**
Gemüse •	
Das Fahrrad •	
Vegane Produkte •	

Aufgaben zum Themen-Wortschatz für Klasse 3 und 4, Wörterbuch Seite 232–243:
- Themen des Themen-Wortschatzes identifizieren
- Überschriften der Themen identifizieren und den passenden Themen zuordnen

232–243

4 Schlage nach. Schreibe zu den vorgegebenen Buchstaben jeweils ein Nomen, ein Verb und ein Adjektiv von den Themen-Seiten.

Erklärungen zu Nomen, Verben und Adjektiven findest du auf den Seiten 258–263 im Wörterbuch.

a) **Ernährung**

	Nomen	Verb	Adjektiv
B	die Banane	backen	bitter
K			
S			
W			

b) **Feste und Feiern im Jahr**

	Nomen	Verb	Adjektiv
F			
G			
T			
W			

5 Schlage auf den Themen-Seiten die häufigen Formulierungen nach. Ergänze die fehlenden Verben. Schreibe die Seitenzahlen.

Erklärungen zu den häufigen Formulierungen findest du im Wörterbuch auf Seite 229.

sich für die Einladung … bedanken 235

das Insektenhotel … ______

den Film … ______

das Lebewesen … ______

die Vorfahrt … ______

Aufgaben zum Themen-Wortschatz für Klasse 3 und 4, Wörterbuch Seite 232–243:
- Nomen, Verben und Adjektive identifizieren und abschreiben
- häufige Formulierungen zu Themen nachschlagen und Verben nach Vorgaben ergänzen

232–243

1 Trage die passenden Wörter in die Kästchen ein.

Schlage im Themen-Wortschatz auf den Seiten 238–239 nach.

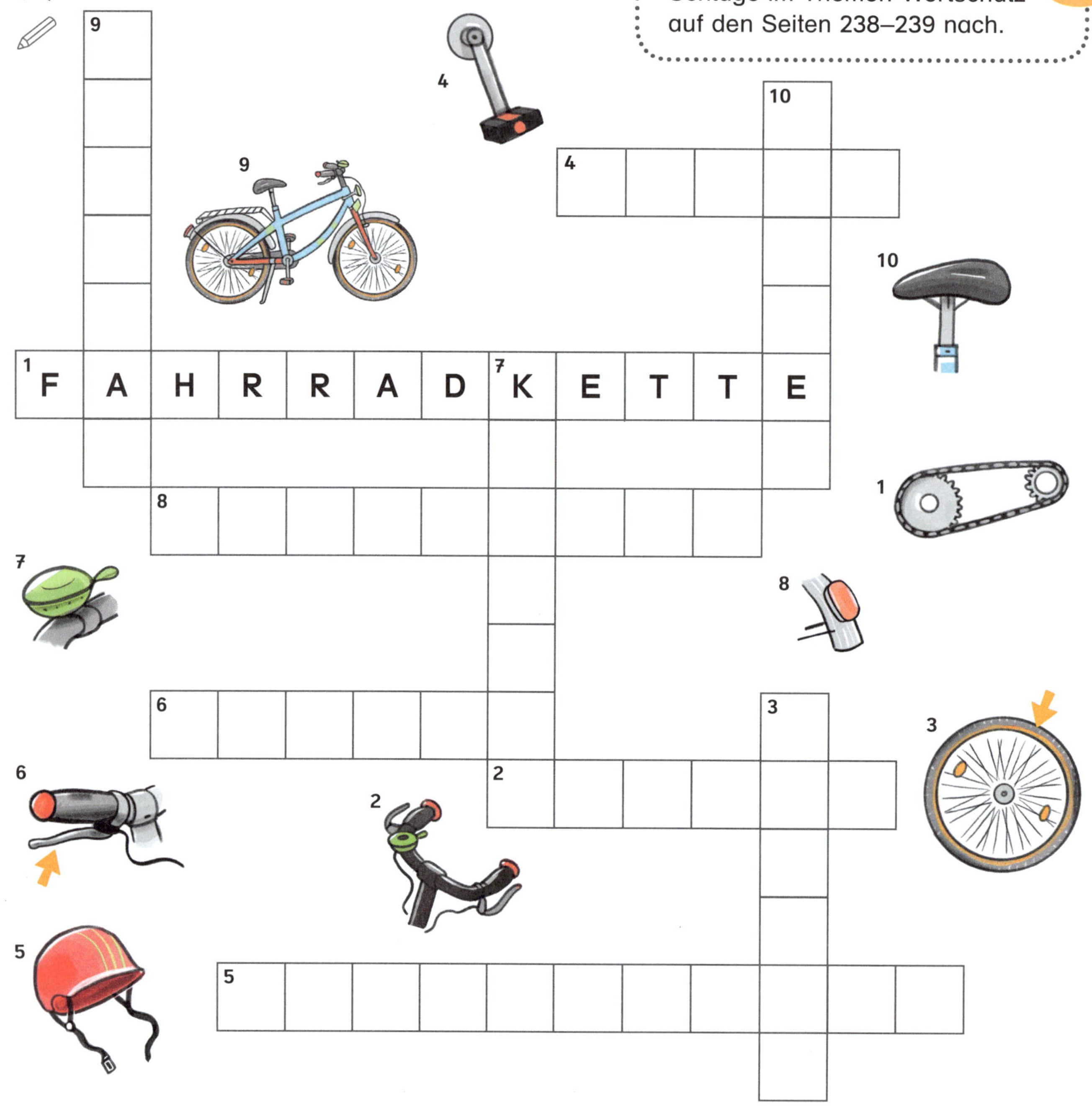

2 Schreibe zu drei Wörtern aus Aufgabe **1** jeweils einen Satz.

____

____

____

____

Aufgaben zum Themen-Wortschatz für Klasse 3 und 4, Wörterbuch Seite 232–243:
- Vertiefung der Orientierung im Themen-Wortschatz
- nachschlagen und abschreiben von Wörtern im Themen-Wortschatz, Schreiben von Sätzen

3 Finde neun weitere Nomen zu den Festen und Feiern im Jahr. Markiere.

Schlage im Themen-Wortschatz auf den Seiten 234–235 nach.

L	S	I	L	V	E	S	T	E	R	R
S	D	M	Y	K	F	E	I	E	R	C
G	L	Ü	C	K	W	U	N	S	C	H
F	Ü	X	G	E	S	C	H	E	N	K
S	D	F	E	S	T	E	S	S	E	N
Ä	G	B	V	T	A	H	J	A	H	R
T	R	A	D	I	T	I	O	N	Ü	M
T	F	A	M	I	L	I	E	R	B	Ä
G	E	B	U	R	T	S	T	A	G	O
U	S	T	L	V	K	U	C	H	E	N

4 Schreibe die Nomen aus Aufgabe 3 mit den Artikeln auf.

das Silvester,

5 Erfinde ein eigenes Rätsel zu den Wörtern eines anderen Themen-Wortschatzes. Schreibe in dein Heft.

Den Themen-Wortschatz zum Schreiben nutzen

232–243

1 Schlage die Seiten zum Thema **Deutschland in Europa** auf und lies. Schreibe einen Steckbrief über den Ort, an dem du wohnst.

Dies ist mein Wohnort: ______________________________

Mein Wohnort ist ...

☐ ein Dorf. ☐ eine Stadt. ☐ eine Großstadt.

Mein Wohnort liegt in diesem Bundesland:

____

Die Hauptstadt des Bundeslandes heißt:

____

Diese Besonderheiten gibt es noch in meiner Nähe:

☐ Berg ☐ See ☐ Wald ☐ Felder ☐ Fabriken ☐ Meer

☐ Insel ☐ Fluss ☐ ______________ ☐ ______________

2 Schreibe einen Text über den Ort, an dem du wohnst.

Der Steckbrief aus Aufgabe 1 hilft dir dabei.

____

____

____

____

____

____

Aufgaben zum Themen-Wortschatz für Klasse 3 und 4, Wörterbuch Seite 232–243:
- den Themen-Wortschatz „Deutschland in Europa“ kennenlernen
- Informationen zum eigenen Wohnort heraussuchen und einen Steckbrief erstellen

232–243

3 Schau dir auf Seite 243 zum Themen-Wortschatz **Deutschland in Europa** die Landkarte an.

a) Schreibe, welche neun Nachbarländer direkt an Deutschland grenzen.

Niederlande, ____________________

____

____

b) Schreibe die Namen der Nachbarländer, in denen du schon einmal warst.

____

____

____

4 Schreibe zum Themen-Wortschatz **Deutschland in Europa** einen Text über Deutschland.

Das passende Kästchen auf Seite 242 hilft dir dabei.

Deutschland besteht aus 16 Bundesländern. ____________________

____

____

____

____

____

____

____

5 Schreibe zum Themen-Wortschatz **Deutschland in Europa** einen Text über die Europäische Union (EU) in dein Heft.

Das passende Kästchen auf Seite 242 hilft dir dabei.

244 – 255

1 Schlage die Satzanfänge auf Seite 244 nach.
Ordne die verschiedenen Satzanfänge den Oberbegriffen zu.
Male sie in der gleichen Farbe an.

Zuerst ...	Dann ...	Jetzt ...	Zuletzt ...
Sofort ...	Am Anfang ...	Nun ...	Zu Beginn ...
Am Ende ...	Nach einer Weile ...	Anschließend ...	
Zunächst ...	Schließlich ...	Inzwischen ...	
Augenblicklich ...	Zum Schluss ...	Erst einmal ...	
Als Letztes ...	Später ...	Als Nächstes ...	

2 Schlage die Satzanfänge auf Seite 244 nach. Schreibe passende, möglichst verschiedene Satzanfänge in die Lücken.

So bereitest du ein Müsli zu

Zu Beginn holst du eine Schüssel, ein Messer, ein Brettchen und einen Esslöffel. ________________ stellst du die Zutaten bereit. ____________________ schüttest du Haferflocken in die Schüssel. _________________ schälst du eine Banane. ____________________ schneidest du sie in kleine Stücke. _________________ schneidest du einen Apfel in Würfel. __________________ gibst du die Banane und den Apfel in die Schüssel. _______________________ fügst du einige Esslöffel Joghurt hinzu. _____________________ mischst du alles gut durch. Guten Appetit!

Aufgaben zu den Satzanfängen und Wortfeldern, Seite 244-249:
- verschiedene Satzanfänge im Wörterbuch nachschlagen
- Erweiterung des Wortschatzes sowie verschiedene Satzanfänge mithilfe des Wörterbuchs nutzen

Wortfeld *sagen*

244 – 255

1 (a) Schreibe die Wörter zu den passenden Oberbegriffen in die Kästen.

kreischen ~~murmeln~~ trösten rufen wispern

loben brüllen tuscheln ermuntern

leise sagen	laut sagen	nett sagen
murmeln		

(b) Schlage das Wortfeld **sagen** auf Seite 245 nach und kontrolliere deine Lösung der Aufgabe **1** (a).

(c) Ergänze Aufgabe **1** (a) mit weiteren Verben.

2 Schlage das Wortfeld **sagen** auf Seite 245 nach.
Ergänze den Text mit passenden, möglichst verschiedenen Verben.

Zoe und Ali spielen auf dem Schulhof. Plötzlich ___ruft___ Theo von Weitem: „Kommt schnell, wir brauchen eure Hilfe auf dem Fußballfeld!“ Zoe ______________: „Was ist denn los?“ Theo______________: „Die Kinder aus der 3b ______________, sie hätten den Ball zuerst gehabt!“ „Das ist ja unfair“, ______________ Ali, während Zoe mit den Kindern der 3b ______________. Sie schafft es, den Streit zu schlichten. Ali und Theo freuen sich und ______________: „Juchhu, jetzt können wir ja zusammen weiterspielen!“

Aufgaben zu den Satzanfängen und Wortfeldern, Seite 244-249:
- das Wortfeld „sagen“ im Wörterbuch nachschlagen und nutzen
- Wörter des Wortfeldes „sagen“ verschiedenen Oberbegriffen zuordnen

Wortfeld *gehen*

244 – 255

1 (a) Schreibe die Wörter in die passenden Kästen.

hasten   schleichen   wanken   sausen   bummeln

tapsen   ~~eilen~~   trödeln   hinken

schnell gehen	langsam gehen	unsicher gehen
eilen		

(b) Schlage das Wortfeld **gehen** auf Seite 246 nach und kontrolliere deine Lösung der Aufgabe 1 (a).

(c) Ergänze Aufgabe 1 (a) mit weiteren Verben.

2 Schlage das Wortfeld **gehen** auf Seite 246 nach.
Ergänze den Text mit passenden, möglichst verschiedenen Verben.

Sarah trödelt gerne auf dem Schulweg.
Doch heute ist sie spät dran.
Deswegen ____________ sie. Da sieht sie ihren Freund Can, der gemütlich ____________.
„Los, Can! Wir müssen ____________, sonst kommen wir zu spät!“, ruft Sarah ihm zu. Da beginnen beide zu ____________.
Gerade noch rechtzeitig kommen sie an.
Nach Schulschluss lassen sich Sarah und Can Zeit.
Sie ____________ entspannt durch einen Park.

Aufgaben zu den Satzanfängen und Wortfeldern, Seite 244-249:
- das Wortfeld „gehen“ im Wörterbuch nachschlagen und nutzen
- Wörter des Wortfeldes „gehen“ verschiedenen Oberbegriffen zuordnen

244–255

1 a) Schreibe die Wörter in die passenden Kästen.

betrachten hüten entdecken suchen besichtigen

wahrnehmen beaufsichtigen ~~sichten~~ kümmern

bemerken	ansehen	aufpassen
sichten		

b) Schlage das Wortfeld **sehen** auf Seite 247 nach und kontrolliere deine Lösung der Aufgabe **1** a).

c) Ergänze Aufgabe **1** a) mit weiteren Verben.

2 Schlage das Wortfeld **sehen** auf Seite 247 nach.
Ergänze den Text mit passenden, möglichst verschiedenen Verben.

Ben und Tilda wollen heute im Wald Tiere beobachten.
Tilda ________________ mit einem Fernglas eine Lichtung im Wald. Sie ________________, wie sich das Gebüsch bewegt. Ben ________________ einen kleinen Hasen, der neugierig aus dem Busch ________________. Schließlich ________________ sie noch einen Ameisenhaufen.

Weitere Wortfelder

244–255

1 (a) Schreibe die Wörter in die passenden Kästen.

flink prompt entschlossen gemütlich schleppend

waghalsig ~~rasant~~ träge verwegen

schnell	langsam	mutig
rasant		

(b) Schlage die Wortfelder **schnell, langsam** und **mutig** auf Seite 248 und 249 nach. Kontrolliere die Lösung der Aufgabe 1 (a).

(c) Ergänze Aufgabe 1 (a) mit weiteren Verben.

Wortfelder zu Adjektiven findest du im Wörterbuch auf den Seiten 248–249.

2 Ordne die verschiedenen Adjektive den Oberbegriffen zu. Male sie in der gleichen Farbe an.

glücklich | traurig | böse | ängstlich

feige | ausgelassen | gehässig | frech | fies | froh

sorgenvoll | unglücklich | munter | betrübt | scheu

hinterhältig | wehmütig | eingeschüchtert | schüchtern

gemein | bange | enttäuscht | zufrieden | vergnügt

Aufgaben zu den Satzanfängen und Wortfeldern, Seite 244-249:
- Wortfelder zu Adjektiven im Wörterbuch nachschlagen und nutzen
- Adjektive verschiedenen Oberbegriffen zuordnen und weitere Adjektive dazu im Wörterbuch nachschlagen

244–255

3 Schlage die Wortfelder **böse** und **lieb** auf den Seiten 248 und 249 im Wörterbuch nach. Ändere die Bedeutung der Sätze, indem du aus jedem Wortfeld ein passendes Wort ergänzt.

Es gibt immer mehrere Möglichkeiten.

Emir schaute seine Schwester mitfühlend (lieb) an.

Emir schaute seine Schwester gehässig (böse) an.

Auf Hannas Bitte reagierte ihr Bruder ________________ (lieb).

Auf Hannas Bitte reagierte ihr Bruder ________________ (böse).

Malik machte eine ________________ (liebe) Bemerkung über Ava.

Malik machte eine ________________ (böse) Bemerkung über Ava.

Jana war heute besonders ________________ (lieb).

Jana war heute besonders ________________ (böse).

4 Schlage die Wortfelder **glücklich** und **schnell** auf den Seiten 248–249 nach. Schreibe andere, passende Adjektive für die durchgestrichenen Wörter.

Am Freitag fand in der Schule ein Sportfest statt. Die Kinder waren ~~glücklich~~ begeistert und freuten sich. Auf dem Sportplatz herrschte eine ~~glückliche~~ Stimmung. Berkay lief besonders ~~schnell~~ durch einen Parcours. Er war sehr ~~glücklich~~. Jule konnte beim Sackhüpfen ~~schnell~~ aufholen. Das machte sie ~~glücklich~~. Meryem war ~~glücklich~~, dass ihr der Weitwurf glückte. Am Ende nahmen alle Kinder ~~glücklich~~ ihre Urkunden entgegen.

Aufgaben zu den Satzanfängen und Wortfeldern, Seite 244-249:
- Wortfelder zu Adjektiven im Wörterbuch nachschlagen und nutzen
- Erweiterung des Wortschatzes durch Zuordnen von Gegensätzen und das Nachschlagen von weiteren Adjektiven

244 – 255

1 Schlage die Wortfamilie **fahren** auf Seite 250 auf.
Schreibe zu jeder Wortart die nachfolgenden Wörter.
Kreise den Wortstamm ein.

abfahren	**die Fahrt**	**befahrbar**
erfahren		

2 Schreibe passende Wörter der Wortfamilie **fahren** in die Lücken.

Heute will Ella mit dem Fahrrad zur Schule fahren. Vorher prüft sie, ob es __________ ist. An der Kreuzung beachtet sie die __________. Als sie an einem Bus vorbeikommt, winkt ihr die __________ freundlich zu. Ellas Freund Tammo sitzt in dem Bus. Er musste vorher einen __________ lösen. Ella will dem Bus __________, um gemeinsam mit Tammo in der Schule anzukommen.

3 Schreibe einen Satz mit einem Nomen, einem Verb und einem Adjektiv der Wortfamilie **fahren**.

____

____

Aufgaben zur Wortfamilie „fahren“, Seite 250
- den Anhang des Wörterbuches zu den Wortfamilien erkunden
- verschiedene Nomen, Verben und Adjektiven zur Wortfamilie „fahren“ in Texten nutzen

1 Schlage die Wortfamilie **sprechen** auf Seite 253 auf.
Schreibe zu jeder Wortart die nachfolgenden Wörter.
Kreise den Wortstamm ein.

ansprechen	**der Sprechtag**	**ansprechbar**
besprechen		

2 Schreibe passende Wörter der Wortfamilie **sprechen** in die Lücken.

Im Sachunterricht findet heute eine Gruppenarbeit statt.
Die Kinder einer Gruppe tauschen Ideen aus und besprechen
ihr Thema. Der Lehrer ist ____________ für ihre Fragen.
Oskar weiß so viel, dass alle Kinder ____________ sind.
Elif ist die ____________ ihrer Gruppe und soll das Thema
später vor der Klasse präsentieren. Sie hat ein wenig Angst, sich
zu ____________, doch sie hat gut geübt
und ihr passiert kein ____________.

3 Schreibe einen Satz mit einem Nomen, einem Verb und einem Adjektiv der Wortfamilie **sprechen**.

____

____

Aufgaben zur Wortfamilie sprechen, Seite 253
- den Anhang des Wörterbuches zu den Wortfamilien erkunden
- verschiedene Nomen, Verben und Adjektiven zur Wortfamilie „sprechen“ in Texten nutzen

244–255

1 Schlage die unregelmäßigen Verben auf den Seiten 254–255 nach.
Male zusammengehörende Verbformen in der gleichen Farbe an.

sein	du gibst	du hast gehabt	
er fuhr	fahren	haben	treffen
du bist	du triffst	du hast	er gab
geben	du hattest	sie ist gefahren	
du bist gewesen	sie hat gegeben	du warst	
sie hat getroffen	er traf	du fährst	

2 Schreibe die Wörter aus Aufgabe **1** mit den passenden Personalformen in die Tabelle.

Grundform	Präsens	Präteritum	Perfekt
sein	du bist	du warst	du bist gewesen

3 Schreibe die Verben aus Aufgabe **2** im Futur in dein Heft.

Aufgaben zu den unregelmäßigen Verben, Seite 254-255
- unregelmäßige Verben nachschlagen
- zusammengehörende Formen der unregelmäßigen Verben identifizieren und aufschreiben

244–255

4 Schreibe die Verben im Text im Präteritum.

Letzte Woche (haben) hatten wir in der Schule Projektwoche. Unser Thema (sein) ______________ der Umweltschutz. Wir (lesen) ______________ in unserer Gruppe einen Text über Sonnenenergie. Robin (schreiben) ______________ eine Anleitung zur Müllvermeidung. Wir (wissen) ______________ hinterher mehr zum Thema Umweltschutz.

5 Schreibe jeden Satz im Präteritum und im Perfekt.

Du denkst an die nächste Pause.

Er dachte an die nächste Pause.

Sie hat an die nächste Pause gedacht.

Du wäschst die dreckige Wäsche.

Er ______________________________

Sie ______________________________

Du isst mein Pausenbrot.

Er ______________________________

Sie ______________________________

6 Schreibe die Sätze aus Aufgabe **5** im Futur in dein Heft.

Aufgaben zu den unregelmäßigen Verben, Seite 254-255
- unregelmäßige Verben in gebeugter Form passend in einen Text setzen
- Sätze mit unregelmäßigen Verben in verschiedene Zeitformen setzen

Wortsammlungen anlegen

96–227

1 Schlage Wörter zu den vorgegebenen Themen nach.
Schreibe jeweils zehn Wörter mit den Seitenzahlen.

(a) Was schmeckt dir?

die Spaghetti 196

(b) Wie kann ein Tier sein?

flink 132

(c) Welche Landschaften und Orte gefallen dir?

der Strand 200

Aufgaben zum alphabetischen Wortschatz für Klasse 3 und 4, Wörterbuch Seite 96–227:
- Wortsammlungen unter thematischen Aspekten anlegen
- Wörter nachschlagen; Wörter und Seitenzahlen schreiben

2 Schlage Wörter zu den vorgegebenen Merkmalen nach.
Schreibe die Wörter mit den Seitenzahlen.

(a) fünf Wörter mit fünf Silben:

freund-li-cher-wei-se 133

(b) Verben mit dem Baustein **ver-** am Wortanfang:

verändern 211

(c) Wörter, bei denen die Einzahl und die Mehrzahl gleich sind:

der Spiegel, die Spiegel 197

Hinweise zu Wortstämmen findest du auf Seite 264 im Wörterbuch.

3 Schlage zu den Wortstämmen jeweils ein Nomen, ein Verb und ein Adjektiv nach.

Wortstamm	Nomen	Verb	Adjektiv	Seitenzahl
LES	die Leserin	lesen	lesbar	159
LIEB				
SCHERZ				
WOHN				

Aufgaben zum alphabetischen Wortschatz für Klasse 3 und 4, Wörterbuch Seite 96–227:
- Wortsammlungen unter orthografischen und grammatischen Aspekten anlegen
- Wörter nachschlagen; Wörter und Seitenzahlen schreiben

Quiz: Kennst du dich im Wörterbuch aus?

1–303

1 Schlage nach und beantworte die Fragen.

1. Wie heißt das letzte Stichwort mit **W** im alphabetischen Wortschatz?

▢ _ _ _ _ _

2. Welches Stichwort steht im alphabetischen Wortschatz vor **Olive**? ▢ _

3. Welche Bedeutung hat dieses Zeichen: 📖 ?

N _ _ _ ▢ d _ _ L _ _ _ ▢ _ _ _ _ _ _ _.

4. Welches Thema findest du auf den Seiten 254–255?

▢ _ _ _ _ _ _ _ _ _ _ _ _ _ _ _ _ _ _ _

5. Auf welcher Seite im lila Wörterbuch-Anhang findest du Hinweise zu **Satzanfängen**? ◌

6. Auf welcher Seite findest du Wörter der Wortfamilie **lesen**? ◌

7. Schreibe das kürzeste Wort aus dem Wortfeld **glücklich**: _ _ _ ▢

8. Welche 5 Sprachen findest du im Bild-Wortschatz auf den Seiten 278–303?

Deutsch, E _ _ _ _ _ _ _,

▢ r a n z _ _ _ _ _ _, _ ü _ _ _ _ _ _,

A _ _ _ ▢ _ _ _

2 Setze die gelb markierten Buchstaben in Großbuchstaben in der Reihenfolge der Aufgaben in die Lücken ein.

Du bist ein _ _ R T _ R _ _ C _ – P R O _ _ !